잠은 안 오고
무얼 먹을지는 어렵고,
사람은 더 어렵다

잠은 안 오고
무얼 먹을지는 어렵고,
사람은 더 어렵다

ⓒ 이지음, 2021

초판 1쇄 발행 2021년 1월 29일

지은이	이지음
펴낸이	이기봉
편집	좋은땅 편집팀
펴낸곳	도서출판 좋은땅
주소	서울 마포구 성지길 25 보광빌딩 2층
전화	02)374-8616~7
팩스	02)374-8614
이메일	gworldbook@naver.com
홈페이지	www.g-world.co.kr

ISBN   979-11-6649-244-0 (03810)

잠은 안 오고
무얼 먹을지는 어렵고,
사람은 더 어렵다

이지음 에세이

Take care of
YOURSELF

좋은땅

나의 벗, 가헌에게

　책을 내겠다는 욕심 하나로 엮은 저의 이야기입니다. 어린 시절부터 우울증과 함께 살아가며 쌓아 두었던 것을 찬찬히 털어 보려 했습니다. 약 2년간의 상담, 1년의 병원 치료를 겪으며 살아남기 위해 써 내려갔던 글들과 과거를 떠올리며 든 생각들을 묶었습니다. 조금 어둡고 무거울 수 있지만 제가 그저 이렇게 살아가고 있음만을 기억해 주시면 좋겠어요.

　저도 아직 저라는 사람을 찾아가는 중이지만 지난 몇 년간의 저의 독백이 어디선가 외로울 당신들께 작은 위로가 되었으면 합니다.

　모두 건강하세요.

목차

─── 둘, 무얼 먹을지는 어렵고

─── 셋, 사람은 더 어렵다

─── 넷, 그럼에도 불구하고

하나, 잠은 안 오고

손거미
만들기

잠이 오지 않을 때면 손거미를 만들곤 한다.
벽에 손을 붙이고 주먹을 쥐었다 펴면
거미가 벽을 타고 오른다.
한두 번 반복하면
거미가 벽을 타고 오르다가 오르다가 추락한다.
내 팔 뻗을 거리가 그 한계.
그러면서도 하고 또 하고
서너 번, 열댓 번도 반복하는데
그래도 잠은 오지 않는다.

나는

　우울증을 앓고 있어요

　언제부터 우울하기 시작했는지도 이젠 잘 기억나지
않을 정도다. 처참한 실패로 끝난 스무 살의 첫 상담,
대인기피로 외출도 못 하던 때의 두 번째 상담, 약에 기
대고 있는 지금의 상황까지. 짧다면 짧고 길다면 긴 몇
년의 시간 동안 난 우울과 싸워 왔다. 이 싸움이 과연
이길 수는 있는 것인가라는 의문이 들기도 하지만 살기
위해 무엇이든 하고 있다.

　처음 우울증을 고백한 건 친구 S에게이다. 이전부터
알게 모르게 주변 사람들에게 우울함을 고백하곤 했지
만, 우울증을 앓고 있음을 고백하는 건 상당히 다른 기
분이었다. 두 번째 상담을 시작할 때까지 난 그 누구에

게도 내가 상담을 받고 있다거나 우울증인 것 같다고 고백한 적 없었다. 누구보다 가족들에게 나의 우울을 알리기가 참 두려운 일이었다. 유독 자식에게 엄하시던 엄마 밑에서 자라난 나는 항상 무언가를 숨겨야 한다고 생각하며 자랐고 그런 내겐 우울도 숨겨야 할 대상이었다. 언제부턴가 내 속에서 나와 함께 자라나던 우울을 숨기기 시작한 것도 오직 엄마에게 혼날 것 같다는 이유에서였다. 내가 감당할 수 없을 만큼 몸을 불린 우울을 견디지 못하고 상담을 시작했을 때 의도치 않게 나의 우울은 세상에 몸을 드러냈다. 너무 깊은 우울감과 자살 충동에 상담사 선생님은 가족들에게 나의 상황을 알리기를 권했고 엄마에게 그 사실을 전하기도 두렵던 난 아빠의 입을 빌려 가족들에게 그 사실을 전했다. 그 날, 집안의 온도는 아직도 다시 되새기기 힘들 만큼 곤욕스러웠다.

  S에게 처음 우울증을 고백한 건 바로 그 다음 날이었다. 내 입으로 '나 우울증이라고 해'라며 고백해 본 첫 경험이었다. 투명한 대학 스터디룸의 유리창이 불투명

시트지를 붙인 양 변할 때까지 그저 한없이 눈물만 흘려 댔고 정말 고맙게도 S는 날 그저 말없이 도닥여 줬다. 그날의 S 덕에 지금의 내가 주변 이들에게 큰 두려움 없이 우울을 고백할 수 있는 게 아닐까 한다.

이후로 나는 이따금 가까운 사람들에게 내 우울을 고백하곤 한다. 사람마다 돌아오는 반응은 다른데 정말 고맙게도 아직 과하게 당혹스러워하는 이는 없었다. 대부분의 사람이 S처럼 날 위로해 주거나 자신의 아픔을 드러내 보이곤 한다. 어쩌면 그만큼 아픈 사람들이 많아졌다는 건지도 모르겠어서 조금 슬프기도 하다.

최근 친구 H에게 우울을 고백할 때의 기분을 질문받은 적 있다.

"우울하다는 걸 다른 사람들에게 말하는 게 힘들진 않아?"

내가 우울을 고백하는 데는 몇 가지 이유가 있다. 내게 꺼내기 힘든 감정이 있단 것에 대해 배려를 청하거나 현실적으로는 오랜만에 만난 누군가에게 그동안의 공백을 설명하기 위해서이기도 하다. 하지만 무엇보다 우울은 숨길수록 깊어지기만 하므로 나는 오늘도 사람들에게 우울을 말한다. 고인 물이 썩고 상처가 곪듯 감정도 드러내지 않으면 곪아 버린다. 내가 우울을 숨기려고 할수록 내 우울은 숨겨야만 하는 존재가 되어 버리고 그 안에서 나만 곪아 버리기 때문에 우울을 말할 수밖에 없다. 책을 쓰겠다고 마음을 먹은 것도 이 때문이다. 나의 고인 감정을 흘려보내야 내가 살 수 있을 것만 같았다. 또 이 글을 읽고 나 같은 누군가가 그들 속에 있는 우울을 고할 수 있게 되면 좋겠다, 생각했다. 두렵고 무서워도 용기는 낼 수 있다. 생각보다 우울함을 고백하는 게 그렇게 무서운 일이 아닐 수도 있다. H는 나의 답을 듣고 잠시 침묵하더니 참 좋은 말이라는 평을 남겨 주었다.

'저는 우울증을 앓고 있지만 이렇게 노력 중이에요.'

여러분에게도 이게 참 좋은 소리로 들리면 좋겠다.

밤의
　조각

'내일은 일찍 깨야 하는데'라는 말이 나오는 시각.
내일이 아닌 오늘이 되었을 때의 두려움과 안달.
이 시간에 갇힌 나를 만나 실컷 울어 버리자.

행복하려고 하는 일 때문에 불행하다거나 하는
일상적 아이러니는 내일도 우리를 찾아올 거야.
그 감정도 나와 함께하겠지.
내일의 것을 들이켜기 위해서는
오늘을 삼켜야 한다.

이 밤의 애상을 보내기 위해
어딘가 조각나 버려도 모를 만큼 커진 내 세계에

후회로 가득 찬 밤의 조각을 가슴에 묻어 버리자.

그래, 우리 모두 둘러앉아 비참함을 노래하자.

새벽빛 한 점 없는 때의 당신의 당신을 향한

동정과 자조를 뭉쳐 모아 시를 쓰고

이내 울어 버리자.

꿈

몇 달간 아니 몇 년간 꿈 없이 자 본 적이 많지 않다. 최근엔 매일 밤 먹는 파란 수면제에 내성도 생겼는지 잠이 들기도 쉽지 않지만 잠들고 나서도 쉬운 건 없다.

꿈을 많이 꾸는 날이면 어금니가 아프다. 기억이 나지 않는 꿈이더라도 잠이 든 내 머릿속을 스쳐 가는 소소한 고통들은 어금니를 닳게 만든다.

어느 날은 언니가 사라지는 꿈을 꿨다. 유서와 같은 편지를 남겨 두고 언니는 사라졌고, 옆 동네에서는 언니 또래의 여자가 시신으로 발견되었다는 소식이 들려왔다. 경찰에선 신원을 확인하러 오라는 연락을 해 왔지만, 가족들 그 누구도 그럴 자신이 없었다. 엄마는 마치 내가 엄마에게 죽고 싶다는 말을 처음 했던 그날처럼, 아니 그것보다 더 끔찍한 소리를 내며 울부짖었고 아빠는 소파에 앉아 손에 얼굴을 묻은 채 꼼짝하지 않았다. 그 공포 속에서, 엄마의 고통에 찬 비명을 들으며, 남겨진 자의 고통을 절절히 느끼며 잠에서 깨어났다. 타인의 고통을 보는 건 아무래도 익숙해지지 않는 일이다. 나의 고통을 보는 것도 그렇다.

가까운 이들을 너무 이르게 떠나보낸 사람들을 지켜보며 그게 얼마나 감당할 수 없는 슬픔인지 압도적인 두려움인지 알아 버렸다. 지금껏 내가 살아남은 가장 큰 이유 중 하나는 바로 남겨질 자들의 아픔에 대한 부채 의식 때문이다.

두 번째 상담치료를 시작할 때쯤, 상당히 피폐해져 있던 난 엄마 마음에 못을 박아 버렸다.

"이렇게 있다가 내가 죽어 버릴 거 같아 엄마."

엄마는 날 안으며 울부짖었고 난 아무것도 하지 못한 채 울기만 했다. 엄마 배 속에 있을 때부터 약하던 난 지워 버려야 할 아이였다. 양수 검사상 수치가 불안했던 날 의사도 주변 사람들도 유산시킬 걸 권했고 엄마는 건뎠다. 가끔 내가 만약 엄마였다면 어땠을까 생각해 본 적이 있다. 어릴 때부터 때때로 이 얘기가 나올 때면 엄마는 아무렇지 않게 입을 열었지만, 그 마음은 무거웠을 게 분명하다. 어쨌거나 엄마는 날 지켰고 그날 날 끌어안고 울며 이렇게 말했다.

"내가 널 어떻게 지켜 냈는데…."

가끔, 아주 가끔 엄마 마음에 못을 박던 이 잔인한 순간이 꿈에 나올 때가 있다. 그때처럼, 언니가 사라지던 순간의 그 꿈처럼, 내가 사라진다면 엄마는 그렇게 울겠지. 누군가가 나를 위해 눈물을 흘릴지 확신할 수 없지만, 엄마는 분명히 그럴 것이다. 어쩌면 배 속의 날 지켰던 엄마에 대한 부채 의식이 지금의 날 살아가게 하는 것일지 모른다. 물론 이게 건강한 삶이 아니라는 건 알고 있지만, 누군가에겐 그저 살아남는 게 중요하기도 하다.

달

오늘도 달이 기운다.

어릴 적엔 달이란 것이 마치 하늘에 나 버린 구멍처럼 그 존재 그대로 작아졌다 커졌다 하는 양 생각했다. 외로운 내게는 달의 모습이 그에 드리운 그림자 탓이란 게 그렇게 서럽게 느껴질 수 없었다.

그림자에 가려진 모습밖에 볼 수 없다는 건 사람과 다를 바 없다 생각한다. 우리는 모두 달과 같아서 각자의 세계를 감당하는 동안 어둠을 얻게 되었다 말았다 한다.

너의 세상에서도 달은 뜰 것이고 그대가 언젠가는 완전히 가려지더라도 우리 완전히 사라지지 말자.

오늘도 변하기 때문에 변하지 않는다는 게, 차라리 낫다고 생각한 하루가 지나갔다.

나의

　고양이

　학업을 마무리하고부터 반년 이상을 집에서 누워만
지냈다. 잠들지 못해 몸을 괴롭히는 새벽이 늘었고 대
인기피와 공황으로 밖을 전혀 나서지 않게 되었다. 조
금이나마 괜찮아지기 시작한 건 고양이 '후추'를 가족으
로 들이고부터다. 지인이 한파가 온 날 어미를 잃고 우
는 걸 보고 구조한 아이인데 어느새 딸밖에 없던 우리
집의 외동아들로 잘 적응해 살고 있다.
　기특하게도 이 작은 생명체는 가족을 항상 염려한다.
물론 이건 사랑받고 싶어 하는 나란 집사의 일방적 해
석이지만, 귀찮다는 듯 항상 다가가면 한 발 멀어지면
서도 매번 모든 가족이 보이는 길목에 앉아 가족을 살
핀다. 어쩌면 우리를 자신의 영역에서 관리해야 하는

보호 대상 정도로 생각하는지 모르겠다고 생각하는데, 가족들이 힘든 시기를 겪을 때 이 보호 본능은 더욱 잘 발현된다. 특히 가끔 어떤 감정이 넘쳐, 내가 참지 못해 울부짖을 때 그렇다.

사실 처음 고양이 입양을 생각한 건 그렇게 순수한 마음에서는 아니었다. 내게도 한없이 마음을 털어놓을 상대가 필요하기도 했고 어쩌면 내가 이 세상에서 사라진다면 나의 빈자리를 채울 존재가 있었으면 했기 때문이었다. 내가 없을 때 나를 대신할 존재가 필요했다.

이런 불순한 생각은 후추가 아프기 시작하자 조금 다른 방향으로 바뀌었다. 다른 고양이보다 훨씬 큰 덩치 때문인지 마냥 건강할 것 같던 후추는 만 2살이 넘어가며 하부요로계 질환을 진단받았다. 평소보다 조금 칭얼댄다고 느끼다 병원을 찾았는데 이미 신장 변형이 진행된 상태라 당장 요도에 카테터라는 관을 끼우고 입원을 해야 했다. 집을 휘젓고 다니던 턱시도 고양이 한 마리의 존재감은 매우 컸다. 그건 나뿐 아니라 모든 가족이 느끼는 바였다. 어디선가 우리를 지켜보고 있을 것 같

은 고양이의 부재는 집안에 적막까지 돌게 했다. 아이
러니하게도 그 부재는 며칠 전까지 죽고 싶다는 생각을
반복하던 내게 살아갈 힘을 주었다. 후추를 위해 뭐든
해야겠다, 그러기 위해서는 살아야겠다는 생각이 들었
다. 일단은 밥을 챙겨 먹었다. 하루에 한 끼 정도 챙겨
먹는 생활을 반복하던 때였는데 바나나 두 개에 요구르
트 하나라도 삼키며 약을 넘겼다. 그러곤 후추가 돌아
올 집을 정리했다. 혼자 청소기를 돌리고 빈 밥그릇을
씻고 잡동사니들을 정리했다. 근 몇 년 중 가장 삶에 집
착해 본 순간이었던 것 같다. 참 이상한 말이지만 후추
의 병이 나를 살게 했다. 너를 살리기 위해서는 내가 살
아야 했다. 언젠가 엄마와 어린 시절의 상처에 관해 얘
기를 한 적 있다. 엄마는 왜 그리 엄하고 매정한 엄마였
냐고 묻자 엄마는 이렇게 답했다. '그땐 엄마도 살아야
했으니까.'

　다행히 후추는 생각보다 빠르게 회복했고 지금도 꾸
준히 관리 중이다. 나도 어느 정도 자랐고 회복 중이다.
그렇게 믿고 싶다. 어쨌든 후추도 나도 서로에게 기대

어 오늘도 살아간다.

　오늘 밤도 나의 침대 밑에서 잠이 든 너의 심장박동
이 느껴져 다행이야. 네가 있어 다행이야, 나의 고양아.

하나의
지구

　일상을 채운다는 건 아무것도 아닌 일이면서 매우 어려운 일이다. 나는 일상이라는 자리로 돌아오기 위해 많이 울었다. 일상을 빼앗기지 않기 위해서라는 말이 더 맞을 듯하다. 숨기고 싶은 무언가가 일상으로 굳는 게 무섭고 두려웠으니 말이다.

　일상이란 그럭저럭 살아가는 것. 큰 행복이 없더라도 안정되는 것. 그 자체로 다행인 것.

　비싼 식사를 하고, 얇아진 지갑 걱정을 하며, 어떻게든 되겠지 하는 것.

　부끄럽지만 자랑하듯 일상을 얘기하는 것.

　같은 동선을 따라 걸으며 비슷한 감정을 가지는 것.

　그리고, 드물게 울 수 있다는 것에 대한 안도.

지구는 한 개이니 말이지.

나의
  일기장

이유 없이 우는 날

심장이 멈출까 두려운 새벽

육교의 철거공사

밥 주던 고양이가 사라진 일

오지 않는 전화

글을 쓰겠다 마음먹은 이유

누군가와 인사하고 버스에 탄 내 표정

비 오는 날 유독 무너져 내리는 몸

침대 속으로 꺼져 버린다는 표현이 딱 맞는다는 것

밤하늘 달 사진을 찍는 이유

볕에 타 버린 아버지의 오른 얼굴, 그리고 나.

외로움은 별다른 게 아니기 때문에.

부재

　고통을 감수하기란 어려운 일입니다. 세상이 누군가의 비명을 뭉개 버렸듯이 사람들은 누군가의 부재에도 침묵 속에 살아가겠지요.

　언젠가 두려움조차 사라질 때를 두려워하는 중.
　누군가는 최후의 희망을 그저 문구 하나 정도로 넘겨 버릴지 모른다는 사실을 잘 알고 있어요.
　검열된 감정의 산물들에 위로를 받는다면 다행일까요.

　단 하나 슬픈 건 너무도 많은 사람이 사라졌단 것.
　나는 몇 년 전 잃어버린 모자 하나에 잠을 이루지 못하기도 해요. 사람을 잃어버리고 인연을 잃어버리는 건 어떻겠습니까. 당신은 이해하지 못할 수도 있지만서도, 나는 내가 잃어버린 것들에 죄책감을 느껴요. 언젠가 쓰려다 잊은 글 한 줄까지도.

　내가 존재했던 시간에서 내가 다다르지 못한 것들도.
　나는 오늘 밤에도 온 평행우주를 돌고 돌아 내가 사는 세계로 돌아오는데, 때로는 이곳이 가장 비참한 곳이라고 생각해 자주 웁니다.
　내가, 우리가 잃어버린 모든 것은 어디로 갔을까.
　일단은 오늘도 그 생각에서 벗어나지 못합니다.

2018년

언젠가의 일기

먼 곳에 사는 친구에게서 소식이 전해져 왔다. 그곳엔 늦게 봄이 왔나 보다. 더위가 극성인 이 도시의 날씨는 다시금 유난을 떨려는지 며칠 전에는 오히려 몸을 웅크렸다. 의도치 않게 만난 밤 산책도 나쁘지 않았다. 다행히도 요 며칠 기분이 좋다. 벚꽃이 진 후의 봄기운은 사람을 들뜨게 하지 않아서 좋다.

며칠 전 지난 일기를 꺼내 읽었다. 올 개강 직후에 쓴 것이었는데 몸과 마음의 템포가 해야 할 것들의 속도와 딱 어긋날 때였다. 사실 그 불협이 완전히 사라질 수 있다는 건 허구이지 않을까 싶다. 몸이 그렇든 마음이 그렇든 내게 가장 어려운 문제는 역시 아프지 않는 것이다.

누군가는 짐작했듯이 나는 사실 지난 몇 개월간 힘든 날을 보내 왔다. 과거인 양 말을 하지만 완전히 괜찮지는 않다. 내 상태를 인지한 이후로 가장 먼저 한 일은 이전의 것들을 뒤지는 것이었다. 과거로 모든 책임을 돌리는 것이 가장 위험한 일이라는 건 익히 알고 있었지만 할 수 있는 게 몇 가지 없었다.

첫째로 깨달은 것. 나는 확실히(겨울과 어울리지 않는 사람인지) 항상 추위가 극성일 때 아프다. 이 발견은 다음 겨울을 두려워하는 대신 여름이 다가온다는 데에 안도감을 느끼게 한다. 여름엔 좀 괜찮지 않을까. 실제로 오른 온도와 함께 며칠 새 기분이 괜찮다.

둘째로는 과거 탓이 많다는 것. 모든 현상은 그 맥락을 분석해야 한다지만 모든 원인이 과거로 귀결된다. 정확히 말하자면 과거의 나로 그리되는데 중대한 선택부터 심지어는 잃어버린 물건까지 이어진다. 그 외에 지금껏 인식하지 못했던, 새삼스럽게 놀라울 정도로 과거 탓을 하는 경향이 많다.

셋째로 생각보다 내 기분을 보고할 사람이 없다는 것. 정확히 말하자면 기분을 말할 수 있는 사람이더라도 그 원인을 말하기는 쉽지 않다. 여기서 오는 허무함이 상당한데 이 문제는 어떻게든 처리하기가 곤혹스럽다.

넷째는 생각보다 우울은 아주 무서운 병이란 것. 그냥 말 그대로 그렇다.

이 외에도 느낀 바가 많으나 지금은 숨겨 두겠다. 어쨌거나 나쁘지 않게, 밥을 먹고 조금 적게 자며 살고 있다. 그리고 여전히 잘 웃는다. 완전.

물론 아직은, 모든 게 다 끝난 후의 내 늙은 얼굴이 상상이 가지 않는다. 다만 이렇게 얘기할 수 있다는 것에 만족하기로 했다. 나는 나의 문제를 해결해야 하고 그 방법의 첫 번째로 나에 관해 얘기하는 것을 택했으니 말이다. 다만 이에 대해 동정하거나 왈가왈부는 모두 삼가면 좋겠다. 제발 부탁이다. 나는 나의 삶을 살고 있고 해결을 위해 노력 중이다. 그렇게 살고 있다.

'어쨌든 지구는 하나'라는 말을 참 좋아한다. 어딘가 책에서 읽은 구절인데 처음 문장을 쓴 작가의 뜻이 무언지 기억은 잘 나지 않지만, 지구는 하나이기 때문에 우린 어떻게든 여기서 살아가야 하고 사실 그 방법이 당신이나 나나 다르지 않을 거란 의미로 나는 받아들였다. 그렇다면 당신이 괜찮게 살고 있듯 나도 그리될 수 있지 않을까. 아니 당신도 괜찮지 않게 살고 있을지도 모르겠구나. 그래도 우리는 어쨌든 하나인 지구에서 살아가고 있다. 방법이 잘못되었어도 어쨌거나 산다면 그만이다.

누군가 내게 물었다. 대체 무엇 때문에 힘드냐고. 나는 사실 아직 너의 고통을 온전히 이해할 수 없다고. 나의 고통은 나의 것이지 당신에겐 타인의 것에 불가하다. 내게 고작에 불과한 일이 당신에게 상처이듯 당신에게 고작에 불과한 일은 내게 아픔이다. 단순하다. 나

역시 나를 사랑하는 이유를 찾지 못할 뿐이다.

　나는 '~한 것 같다'라고 자주 말한다. 나의 의사를 확언할 공간을 찾지 못한다. 우리가 선택의 앞에 섰을 때 결정을 내리지 못한다거나, 모호한 말로 말끝을 흐리는 건 거의 어떤 것이 옳다 하는 이성에 앞서 그저 오는 두려움 때문이다. 어느 선지가 좋다고 해도 그게 틀릴까 무서운 것이다. 적어도 내 경우는 그렇다.

　우울함이 묻어나는 SNS를 보고 누군가는 걱정이 담긴 연락을 보내 왔고 누군가는 은연중에 위로의 말을 건넸다. 하지만 내가 할 수 있는 답의 선택지는 하나뿐이다. 괜찮지 않다는 두려움 속에서 그래도 괜찮다는 말을 뒤적거려 보여 주는 수밖에 없다. 다만 위장병은 여전하고 잠이 갑자기 늘거나 없거나 하는 건 마찬가지다. 아직도 커피는 많이 마시고 운동은 하지 못하고 있다. 최근엔 책도 읽지 못했고 미래 계획도 멈추었다. 다만 견디고 있다. 그저 날 이해하는 방법을 찾고 있다.

인생에 필수적인 일은 쉬운 게 없다.

　기분을 견디는 방법을 알아가면서 무뎌지는 것인지 괜찮아지는 것인지 구분하기가 힘들어졌다. 어제는 기분이 안 좋게 잠에서 깼는데 기분 좋은 듯 행동했다. 아무렇지 않으면서 여전히 슬펐다. 그대로 잠들 때도 기분이 나아지진 않았다. 분명 나는 거짓말에 서툰 사람이었는데. 이럴 때마다 기분이 참 이상하다.

　삶에 힘든 날의 총량이 있다면 좋겠다. 지금 내가 힘든 것이 언젠간 없어지리라는 보장이 있다면, 언젠간 행복한 날만 있을 거라는 확신이 있다면 좋겠다. 이 정도면 삶의 불행과 불안이 반의 반절 정도는 지나갔으면 바랐다. 하지만 안타깝게도 어느 역사를 보아도 불행한 자들은 너무 많고, 나 역시 그들 중 하나가 되지 않을까 하는 생각이 요즘 가장 무섭다.

　순간순간은 그렇게 어려운 데 비해 시간이 너무 빠르

고 쉽게 지나간다. 눈앞의 일들을 치우며 살아가는 중에 그 뒤엣것들이 마치 남의 일인 양 느껴지는 건 왜일까. 다들 이렇게 살아가겠지 하면서도 불안이 떨쳐지지를 않는다.

이름의
무게

처음에 이름 쓰는 법을 배우던 때가 기억난다. 한글도 다 떼기 전, 엄마가 크게 쓴 내 이름을 손가락으로 덧대어 쓰다가 크레파스로 동그라미 몇 개와 몇 개의 선으로 그림을 그리다가, 어느 때부터인가 순서에 맞게 써야 하는 글자로 배우게 됐다. 글자를 쓰는 법을 배운 후로는 이름의 의미에 대해 배우기 시작했다. 한 자 한 자 글자에 담긴 의미를 배우고 왜 내게 이런 이름을 지어 줬을까 하는 부모님의 의중을 배웠다.

무언가를 알아간다는 건 삶에서 지어야 하는 무게를 더하는 일이다. 덜어질 무게보다 짊어질 무게가 많다는 것에 우리가 지치지 않으면 좋겠다.

나와 당신의 세계가, 더는 모나지 않기를.

오늘 나는 이름에서 무게를 느꼈다. 몇 만 번은 쓰고 썼을 이름 세 글자가 참 무겁게 느껴졌다.

신새벽

나의 어둠에 당신을 들이고
그대가 도망 않기를 바라다.

항상 슬픈 사람인 나의 소리를
그대가 외면 않기를 기도하다.

얼굴도 모를 나의 얘기에 누군가 남긴 행복하길 바란
다는 메시지에 나는 응답할 수 있을까.

아무도 원망하지 않지만
다만 나만 원망합니다.
어둠에 잠식되지 않는 밤이 있기를 바라는 것의 가치

에 대해 생각하는 일로 오늘도 잠들지 못한 채 신새벽

을 맞으며 그렇게, 운다.

외롭다

말하는 것을 두려워하지 말 것

나는 우리 각자에게 부여된 하나의 세계가 있다 믿는다. 세상이란 건 결국 우리 각자의 세계가 만나는 공간의 총합이지 않을까 생각하며 산다. 내 기준에서 아주 평범하고 우울한 삶을 살아가는 소시민인 나와는 전혀 다르게, 무기력이라는 단어조차 자신의 세계에 두지 않은 사람도 있을 거라는 사실이 새삼 놀랍게 느껴진다. 언젠가 대화해 볼 기회가 별로 없었던 지인과 무작정 고민에 관해 얘기해 본 적 있다. 지금은 그게 무엇인지 기억이 잘 나지도 않을 만큼 그가 심각하게 털어놓던 고민이 내겐 아무렇지도 않다는 게 낯설게 느껴졌다. 생각 속엔 전혀 없는 것, 그러니까 내 세계에는 전혀 존재한 적 없던 것, 심지어는 그 존재 자체에 대해 인식하지 못했던 어떤 것이 누군가에게는 삶의 멍에가 될 수 있다는 것이다. 그의 얘기를 들으며 이러저러한 이유로 각자의 세계를 확장하거나 구축하는 일로 우리는 삶을 보내는 것 아닐까 생각했다. 지구라는 공간에서 해와 달을 공유하는 우리는 서로 빗겨 나가고 만나는 세계 사이 서로 대화하며 세계를 넓혀 가는 것이다.

이렇게 나의 세계는 어떻게든 구축되고 있었다. 다만 문제는 우리는 인간이기 때문에 이 세계를 드러내 보이지 않으면 곪아 간다는 것이다. 우리는 각자 생애를 만들어 가는 업무를 모두 혼자 지고 있기 때문에 애초에 외로울 수밖에 없는 존재이다. '외롭다 말하는 것을 두려워하지 말 것'이라는 말은 사실은 세계가 곪거나 무너지지 않게 하기 위한 아집이다. 우리는 우리의 세계에서 혼자여서 외로울 수밖에 없는 존재이지만 절대 홀로 살아갈 수 없다. 그 과정에서 그저 만나 영양가 없는 얘기에 웃거나 술을 나눠 마시는 것 외에 절대적으로 '외로움'에 대해 말하는 것이 필요하다. 아무도 당신이 그런 모양으로 그렇게 외롭다는 사실을 알지 못한다.

그대가 영영 침묵한다면.

　일단은 외로운 나의 답은 이것이다. 누군가 글을 읽고 걱정하는 말을 남기거나 또는 공감한다는 건 내가 내 생애를 이 방식으로 살아간다는 말이려니 생각한다. 지쳐 있다가도 또는 울다가도 "그래. 내가 이렇게 외롭고 우울하고 그래"라고 말할 수 있다는 사실 자체가, 당신이 내가 이렇게 살아감을 알고 있다는 사실 자체가 사실 큰 위안이 된다. 모두가 그렇듯 나의 세계에 당신을 들여놓는 것이 두려우면서도 당신이 필요한 아이러니다.

빈칸

우리가 빈칸을 채워야 할
시 한 구절이라면
그대 어떤 시어로 온전해질까.
점 하나 숨 하나 두기 어려운 게 인생이라
오늘도 우리는 온종일 머리를 싸매고
무언가를 끄적여 보는 데 소진한다.

내가 채워 줄 테니 그대 날아가지 말아라.

자책

　정신과든 상담센터든 치료를 진행하다 보면 숙제를 많이 받아 온다. 거울을 보며 혼잣말을 하거나 무언가를 기록하거나 또는 생각을 조절하는 사소한 것들이지만 그게 생각보다 쉽지는 않다. 특히 자책하지 않는 게 가장 어렵다.

　이 숙제만큼 어려운 게 없다. "자책을 어떻게 안 할지 모르겠어요"가 가장 먼저 나온 질문일 정도다. 누군가 내 속에 들어와 보면 정말 깜짝 놀랄 정도로 나는 자책을 참 많이 한다. 사람은 잘못된 상황에 맞닥뜨리게 되면 그 책임을 돌릴 무언가를 찾는 버릇이 있다. 실수나 사고같이 우리가 어쩔 수 없었던 일들도 우리는 탓할

수 있을 무언가가 있으면 탓하고 만다. 내겐 그 화살을
내게 돌리는 게 가장 쉽다. 다른 이들보다 사실 내게 나
는 크게 중요한 사람이 아니다. 나만큼 탓하기 쉬운 사
람이 없다.

자책이라는 폭력의 가해자와 피해자는 모두 나여서
어느 쪽이나 아프다. 가장 사랑해야 할 사람이지만 내
겐 가장 어려운 사람이 나여서, 양가감정 속에서 방황
하게 된다. 지금은 이 두 마음에서 전자의 방향으로 돌
아서기 위해, 죄책감에 등을 돌리는 연습을 하고 있는
데 아쉽게도 그 연습조차 어렵다.

절망스럽던 며칠 후에 찾아온 편안함 안에서 이 어려
운 숙제를 해 나가는 게 어렵지만 노력하는 중이다. 언
제나 그렇듯 언제 우울이나 절망이 튀어나와 나를 삼
킬지가 두렵지만. 아직까지 울컥 터져 나오는 것들을
온전히 막아 내거나 길에서 마주칠 검은 개를 피하거
나 하는 일은 내 마음대로 되지 않는다. 아니, 이건 내

마음대로 할 수 있는 게 아닐지 모른다. 평생 같이 살아
왔고 앞으로도 그럴지 모를 내 우울증과 함께 처음으
로 나쁘지 않게 맞는 전환점일지 모른다 생각한 며칠
이다.

죽겠다는
생각

"엄마 나 이렇게 살다가 죽을 것 같아."

누군가 뱉는다고 한다면 반드시 말릴 이 잔인한 말을 뱉은 건 정말 내가 죽어 버릴지도 모르겠다고 생각한 어느 날이다. 항상 밝은 딸이던 난 두 번째 상담을 시작하고 나서야 부모님께 내가 우울증을 앓고 있다고 얘기할 수 있었다. 수면이 점점 차오르던 댐이 한 번에 무너지는 것처럼 그렇게 나의 삶은 엄마에게 내뱉은 말 한마디에 무너져 내렸다. 그렇게 지금은 시도 때도 없이 심기를 건드리는 죽겠다는 생각과 함께 살고 있다.

언제부터 죽고 싶다는 생각을 했을까. 정확하게는 생각나지 않으나 아마 초등학교 6학년쯤이었던 것 같다. 같은 반 여학생들과 갈등이 있던 어린 나는 19층짜리 아파트 창문을 열고 혼자 한참을 고민했다.

"이대로 죽어 버리면 안 될까?"

이후로 죽음에 관한 생각은 위기가 찾아올 때마다 튀어 올라왔다. 그럴 때마다 어린 난 혼자 노트에 가득히 죽고 싶다는 말을 쏟아 냈고 그 노트가 모두 까맣게 물들 때까지 그 생각을 끊지 못했다. 노트가 한 권, 두 권을 넘기고 열 권을 채울 수 있을 만큼 나를 향한 나쁜 말이 쌓일 때까지도.

우울증 환자에게는 죽겠다는 생각은 일상적으로 찾아온다. 아침에 눈을 뜨자마자 찾아오기도 하고 아주 행복한 순간 뒤에 곧바로 따라오기도 한다. 죽어도 좋다는 말을 하기도 하는데 이 경우는 너무 좋아서 죽을 것 같은 경우다. '아 너무 행복해-이 이후로는 또 불행하겠지, 이만큼 내가 다시 행복할 수 있을까?-아 죽고 싶다, 행복하게 죽을래' 대충 이런 사고순서로 이어지는데 상당히 별로인 걸 나도 알지만 내 속의 누군가는 그렇게 생각을 하고 있다. 이렇게 죽겠다는 생각은 더는 물러날 곳이 없을 때만 오는 건 아니다. 앞으로 나

있는 길이 참 많은 걸 아는데도 그 길을 나설 기력이 없을 때도 찾아온다. 물론 당연한 얘기로 그 정반대의, 정말 괴로운 순간에도 죽겠다는 생각은 든다.

다행히 이 죽겠다는 생각을 아픈 게 죽어도 싫다는 게 이긴다. 물론 아파서 드는 생각이지만 어쨌든 아픈 게 난 너무 싫다.

어릴 적 병원에 잠시 입원한 적 있다. 혼자 놀다 입은 상처를 치료하기 위해서였는데 그 이후로 아픈 것도 아픈 사람들도 참 싫었다. 병원에는 아픈 사람들이 너무 많았다. 고작 열흘간의 입원이었지만 언제 병원에서 나와야 할지도 모르는 사람들을 보거나 사람들의 신음을 듣는 것이 참 싫었다. 나와 비슷한 또래의 아이들이 지울 수 없는 상처나 아픔을 가지고 살아가는 모습이 마음 아팠다. 그래서 이후로 아픈 걸 더 싫어하게 된 것일까. 아픈 게 죽는 것보다 싫은 나는 그때의 그 환자들처럼 신음하면서도 연명하듯 하루하루를 살고 있다. 그렇지만 이게 어쩌면 나쁘지 않다는 생각이 들기도 한다.

연명하듯 사는 것도 사는 것이다. 병원은 어쨌든 사람
을 살리는 곳이었다. 이렇게 단순하게라도 살아 있으면
되지 않을까 한다.

비보

　비보는 그렇게 갑작스레 찾아오는 것이어서 주체할 수 없다거나 감당할 수 없다거나 하는 말로밖에 대신할 수 없어지고 만다.

　어느 새벽, 생각의 여백을 채우는 것조차 죄스러운 하루가 있고 지쳐 쓰러질 것 같은 날에도 잠들지 못하게 하는 기억이 있다는 게. 나의 존재함의 아이러니가 누군가의 부재에 몸뚱이가 불어난다는 걸, 알아야만 했을까.

　슬픔은 항상 마음껏 누리기 힘들 때 너무도 쉽게 찾아와서 날 헤집어 놓고 도망가 버린다. 그 이질적 진실 속에서, 오늘도 비현실에 살아 버렸다.

울어 버린
　기억에 대한 단문

　죽음에 대한 기억은 깊고도 오래 남는다. 그 방식이
구체적이고 대상에 대한 애정이 깊을수록 더욱 그렇다.
우울증이 심해지기 시작한 시기에 맞춰 애정하던 사람
들을 몇몇 떠나보냈다. 장례식의 풍경, 영정사진 속 미
소, 가족들의 울음소리 또는 유서에 적힌 단어들. 교생
실습을 준비하며 처음 맞춘 정장을 꺼내 입고 어리숙하
게 절을 하던 나. 그때의 단편적인 기억들은 여전히 나
를 아프게 한다. 울어 버린 종이를 펴는 일이 불가능하
듯 울어 버린 기억을 펴내는 것도 내겐 불가능한 일인
듯하다.
　사람에 대한 기억은 먼지 고운 모래같이 잘 털어지지
도 않아서 소설책 한 권에도 노래 한 곡에도 그 사람이

묻어 있곤 한다. 그 기억들을 발견할 때가 말도 못 할
만큼 괴롭다. 그리고 죄스럽다. 감히 내가 버리려던 삶
이, 그 나의 안일함이 참 죄스럽기 그지없다. 아쉽게도
이 글은 단문으로 그쳐야 할 듯하다. 내겐 아직 죽음이
너무 아프다.

무게

누군가에게 나는

인생을 저울질할 만큼의 크기로,

방 한 칸의 크기로, 소파 하나의 크기로,

햇반 크기의 무게로 남아 있겠다.

우리가 떠나보낸 사람들이 그러한 걸 보면

나도 그러겠다.

당신은 내게

유독 더 예쁘다 생각했던 웃음만큼의 무게여서

실체 없이 행복하고 그래서 더 아프다.

우리가 나눴던 사소한 대화가

내게 보이지 않는 곳에서

표류하기만이라도 한다면

당신이 남아 있는 것이라며 다행이라 해야 하나.

골머리를 썩인다.

상처

우울함에 대해 고백할 때마다 누군가는 내게 네가 그럴 줄 몰랐다든가, 의외라든가, 갑자기 네게 무슨 일이 생겼길래 이렇게 변해 버린 것이냐, 하겠지만 생각보다 내 우울은 오래된 지병 같은 것이고 그만큼 자잘한 사유들이 겹쳐 만들어진 복잡한 현상이다. 이 자잘한 사유라는 건, 하고 싶은 일이 없다거나 하는 것이나 누군가의 죽음같이 무거운 일부터 누군가가 뱉었던 아픈 말까지 다양하다.

며칠 새 문득 내게 언젠가 날카로운 말을 던지거나 나를 곤란하게 했던 사람들이 자신이 내게 만들었던 위기와 과오를 기억이나 할까 하는 걱정에 마음이 무거웠다. 물론 그들이 그를 잊었다 해도 지금은 '네가 나를 이렇게 비참하게 했는데 어떻게 그걸 잊어?'라는 식의 비난의 말을 무작정 뱉을 수는 없다. 그렇다고 이 찜찜한 감정이 해결되지도 않는다. 우리는 왜, 아니 당신은 나를 왜 미워했고 나는 왜 당신을 미워해야 할까. 수년 전의 정말 사소한 일로도 밤에 잠을 못 이룰 정도로 사람은 고통스러울 수 있다. 나 역시 누군가에겐 잔인함으로 남아 있지 않을까 하는 죄책감이 마음을 무겁게 하는 이유가 여기 있다.

어쩌다 가벼이 던진 말이 누군가의 가슴에 박힌 채 곪아 버린 상처로 여전히 덩어리져 있을지, 영영 알 수 없을 그 일이 두렵다는 말이다.

둘, 무얼 먹을지는 어렵고

식사

혼자 차려 먹는 식사에 익숙하다.
기름도 눌러 빼지 않은 참치통조림에
전자레인지에 돌린 밥 한 공기를 그저 그렇게 섞어
먹는 일은 썩 내키지 않지만 가장 쉬운 방법이다.

다 먹은 뒤에 올라오는 더부룩함과 함께
무언가 달랐다면 이 지나가는 한 끼도 더 좋은 것이
었을지 모르겠다는 생각이 들 때
텁텁해진 입 안을 미적지근한 물로 달래 본다.
뭐든 자꾸 아쉬운 게 많아져 탈인가 보다.

알코올과
　　카페인

취해 있고 싶어요.
한 모금 한 모금 넘어가는 씁쓸함에
내 삶도 넘어가면 어떨까 싶어요.

취하면 어떨까 싶어요.
심장이 뛰면 좋겠어요.
머리를 가득 메운 열등을 밀어내기 위해선
무언가 들이켜야 해요.

잠이 들고 싶어 들이킨 무언가에도
잠은 쉬이 들지 못해요.
깨어 있으면 싶어 들이킨 무언가에도

아직 몽롱하기만 해요.

나도 언젠가 삶을 감당할 만한
무게로 느낄 수 있을까, 싶어요.

아이러니

사소하지만 나름 진지한 아이러니와 자주 마주칠 때가 있다. 심리검사를 받던 중 잘 못 그려도 된다던 그림 검사를 서툴게 해 버려 속상했다던가, 하고 싶다 큰소리치던 레몬청 담그기를 숙제처럼 느낀다거나 하는 것이다.

나는 자주 신이 나 사 온 물건을 풀어 보지도 않고 쌓아 둔다거나 기대하며 방문한 장소 앞에서 정작 문에 들어서길 두려워하곤 한다. 물론 나만 그러한 건 아닐 것이다. 행복하려고 하는 일 때문에 불행하다거나 하는 일상적 아이러니에 빠지는 건 모두가 그러겠지. 모든 생물은 살아가는 방향으로 설계되어 있다고 배웠는데 흔히 '죽겠다'라는 말을 달고 사는 것도 아이러니다.

돈을 버는 일도 그렇다. 짧은 사회 경험을 통해, 그리고 어른들을 보며, 시간이든 목숨이든 지키고 싶은 무언가를 팔아야만 돈을 벌 수 있다는 걸 깨달았다. 편하게 불행하거나 불편하게 행복하거나, 만사 둘 중 하나가 최선이다. 무엇보다 우리 모두가 꿈꾸는 적게 일하고 많이 버는 법이 실제로 있긴 할까?

아이러니는 어렵고 씁쓸하고 우습다.

여름
  이불

헛구역질이 버릇이 되었다.
온몸을 저리는 역거움이
게워 낼 것 없는 속을 뒤적거리는 게
익숙해졌다.

방금 먹었던 행복이 언제고 역함으로
바뀔지 모른다는 두려움이
언제고 당신이 사라지거나
무언가 생겨나거나 그럴지도 모른다는 두려움이

여름이 와도 갈지 못한 눅눅한 이불 마냥
어디를 가든 문득 자리를 펴곤 한다.

형태

우리는 모두 각자의 자리에서
때론 일그러지거나 깨진 모습으로
살아가야 한다

슬픔은 어쩌면 현상에 불과한 것이라
나의 슬픔이 당신의 것과 비슷한 모양이라도
그 원인은 다를 수 있고
우리가 같은 뿌리로 슬퍼하더라도
그 형태는 다를 수 있다

우리는 모두 각자의 슬픔에서
울컥 쏟아져 내리는 그 모습으로
살아가고 있다.

먹고사는
문제

21세기 청년으로 살아가며 해결하기 가장 어려운 문제는 바로 먹고사는 문제일 것이다. 말 그대로 '벌어먹는 문제'도 '살아가는 문제'도 너무 어렵기만 하다.

대학을 졸업하고 받아 든 졸업장 한 장과 교원자격증 한 장엔 먼지만 쌓여 가고 있고 여전히 무얼 해야 좋을지는 고민거리다. 도통 무얼로 벌어 먹고살아야 하는지 모르겠다는 이 고민은 응당 나만의 문제는 아닌 듯하다.

벌더라도 괜찮은 식사를 차려 먹는 게 힘들고 괜찮은 식사를 하기 위해서는 벌어야 하지만 그마저도 쉽지 않은 현실에서 인간이 가지는 무기력함에 관해 얘기하자면 밤을 새워도 모자랄 것이다.

나도 내 주변 사람들도 자신이 무얼 하고 싶은지조차 모르는 사람이 너무 많다. 누군가는 어떻게 하고 싶은 일을 하고만 사냐고들 하지만 뭐 하나 마음대로 되는 게 없는 세상에 하고 싶은 일조차 모르는 우리에게 너무 잔인한 말이 아닌가 싶다. 또 외려 벌어먹는 일이 진짜 먹고사는 데 가장 기본적인 것인지 의문이 들 때가 있다. 다들 먹고살자고 하는 일이라고들 말하는데 짧은 사회생활 동안 가장 어려웠던 것 중 하나가 편하고 괜찮은 밥 한 그릇 먹는 일이었다.

이렇게 무슨 일을 해 먹고 살아야 하는지도 어렵지만 무얼 먹어야 하는지도 어렵다. 십년지기 친구 J는 혼자 살면서도 꿋꿋이 식사는 차려 먹는 친구다. 최근 J와 차려 먹는 일에 관해 대화를 나누다 상당히 경각심을 갖게 하는 얘기를 들었는데 대충 때우는 건 나 자신을 소홀히 하는 느낌이라 싫다는 얘기였다. 아무도 나를 챙겨 주지 않고 그럴 시간조차 없는 삶에서 밥이라도 잘 먹으며 스스로를 잘 대해 주자는 것이다. 일주일에 3번은 라면으로 때우던 때였는데 이 얘기를 들은 이후로는 최대한 차려 먹으려 하고 있다.

　우울증 환자에겐 먹는 것 하나도 어렵다. 복약지도와 밥은 꼭 챙겨 먹으라는 엄마의 말을 무시하고 빈속에 약을 털어 넣으면 속이 꽤 씁쓸하다. 삶의 기력이 없을 땐 먹고 싶지가 않다. 하루에 한 끼라도 넘기면 다행인 일이다. 그만큼 나는 내게 소홀해져 있었다. 식사도 제대로 챙기지 않으며 살아 보겠다고 약을 넘기는 꼴이라니 상당히 모순된 모습이었다. 무슨 일을 해야 먹고 살지 도대체가 모르겠는 이 세상에서 무얼 먹을지라도 내가 챙겨야 한다. 억지로라도 달걀 한 알, 요구르트 한 개라도 넘기면 그걸로 나를 사랑할 이유가 하나는 늘어 있지 않을까. 오늘은 혼자 삼겹살을 넣은 김치볶음밥을 해 먹었다. 꽤 괜찮은 식사였다.

유예하며
사는 법

우울증 치료를 시작하며 많은 유예를 하며 살아가기 시작했다. 교정을 시작한 것, 새로운 것들을 배우기 시작한 것, 글을 쓰는 것, 타투를 하기로 마음먹은 것 모두 내겐 살아남기 위한 방식들이다. 죽음에 대한 충동이 찾아올 때면 내가 아직 이루지 못한 것들을 떠올리거나 상상을 한다. '만약 내가 이대로 죽으면 영정으로는 어떤 사진을 쓰지? 엄마 아빠가 이상하게 나온 사진을 넣으면 어떻게 하지? 그럼 창피할 것 같은데' 같은 별별 생각이 든다.

일부러 먼 날의 약속이나 계획을 세워 두며 죽음을 유예한다. 지인의 결혼식에 입고 갈 옷을 사 놓았으니 그걸 입을 때까지는 살겠다든가, 미리 약속을 잡아 두고 그 약속까지는 살겠다든가 한다. 계획적인 사람이 된 것도 이런 생활 습관 때문이 아닐까 싶다. 미뤄 둔 일을 해치워 버렸다면 다음 계획을 세우고 그때까지 유예하며 살아가면 된다. 그게 나의 생존법이다.

친구 H는 내가 우울이 깊어질 때 기댈 수 있는 거의 유일한 사람이다. 수면제 부작용으로 내가 문득 전화해 기억도 하지 못할 말을 내뱉더라도 언제든 대화를 받아 주는 한없이 고마운 인연이다. 은연중 나에 대한 걱정을 비추곤 하는 H에게 가장 고마운 건 나의 이 유예에 동참해 준다는 것이다. '우리 언젠간 꼭 여기 가 보자', '거기 가면 이걸 꼭 먹어야 한대. 꼭 같이 가서 먹어 보자'는 나의 권유에 '그래, 꼭 그러자'라고 말해 주는 사람이 있다는 게, 앞으로의 삶을 이어갈 인연이 있다는 게 한없이 외로운 이 세상에서 얼마나 고마운 일인지 모른다. 농담 삼아 뱉던 '우리 할머니가 돼서도 고주망태로 살자. 멋있는 할머니가 되자'라는 말처럼 유예하다 살다 보면 그렇게라도 사라지지 않고 살아질 수도 있지

않을까. 유예하며 사는 법도 누군가와 함께라면 생각보
다 멋진 일일지 모르겠다.

저마다 매달릴 게 하나씩은
　있는 듯싶던데 왜 내겐 없을까

　어린 시절의 기록들, 예를 들면 유치원생 시절 숙제라든가 초등학생 시절 쓴 글 같은 것들을 보면 그 시절 내가 하고 싶었던 것들이 뚜렷이 적혀 있다. 5살 때 엄마 손을 잡고 가 처음 만든 통장에는 의사로, 6살 때는 선생님으로, 7살 땐 그저 부자가 되고 싶었다. 아이들은 원래 하루하루 꿈이 바뀌는 편이라고 하는데 덜 자란 탓인지 아직도 꿈을 정하지 못했다.

　우울이 심할 땐 하고 싶은 게 정말 아무것도 없다. 모든 희망 사항이 잘려 버린 듯 사라져 더 아무것도 할 수 없게 된다. 하고 싶은 일이나 직업적인 것뿐 아니라 그냥 아무것도 바라는 게 없어져 버린다. 우울증 환자들이 침대에서 꼼짝 못 하는 이유도 이런 데 있다. 침대에 누워 하루하루를 보내던 그때 나를 괴롭히던 여러 것들 중 이런 것도 있었다. 도대체가 먹고 싶은 것도, 가고 싶은 곳도, 하고 싶은 것도 생각이 나지 않았다. '난 아무것도 할 수 없는 인간이 되어 버렸구나'라는 생각까지 마음이 닿아 버렸을 땐 죽는 것밖에 내가 할 수 있는 건 없겠다는 생각까지 들었다. 저마다 매달릴 게 하나씩은 있는 듯싶던데 왜 내겐 없을까. 그 지경이 되자 눈앞에 그동안 돈 때문에, 자존심 때문에, 다른 것들 때문에 놓쳐 버린 수많은 것들이 스쳐 지나갔다. 겨우 조금 우울을 털고 일어섰을 때 삶의 방향이 바뀐 건 이 때문이었다.

'조금이라도 내가 하고 싶은 일을 하자.'

별거 아닌 것처럼 보이는 이 문장은 지금의 나에겐 매우 중요한 것이다. 갑자기 일을 시작했던 것도 이 책을 쓸 용기를 낸 것도 시작할 힘을 얻게 된 것도 모두 저 문장 덕이다. 매달릴 만한 것이 없다면 그 순간순간 생각나는 것이라도 해 볼까 하며 살아오고 있다.

사실 먹고사는 문제나 인간관계 따위는 여전히 너무 어렵다. 내가 해결하고 싶다고 해도 해결되지 않을 삶의 문제들은 이 세상에 너무 많다. 아직도 무슨 일을 해서 벌어먹어야 할지 어떻게 어른이 되어야 하는지는 모르겠다. 그래도 어쩌면 이건 이 세상에 그 누구도 명확히 모르는 일이 아닌가 싶다. 매달리고 싶을 만큼 크게 되고 싶은 것도 하고 싶은 것도 여전히 없다. 어쩌면 평생 찾지 못할지도 모르겠다. 그게 썩 섭섭하기는 하다. 그래도 그 순간의 내 기분의 이야기를 듣는다면, 가고 싶은 카페에서 마시고 싶은 커피 한잔을 먹을 수만 있다면, 하고 싶은 게 있던 하루를 보낼 수 있다면, 어떻게든 살아갈 수는 있을 것 같다.

연명

　인생에 제목을 붙이려면 몇 살을 더 먹어야 할까.
　항상 어른이기보다 아이이고 싶었던 탓일까, 되고 싶
은 것도 되어야 할 것도 되지 못한 상태로 어른이다.

　먹고사는 게 문제라지만
　도대체가 진정 무얼 먹을지가 너무 어렵다.
　그저 그런 음식을 먹고도 사람은 살 수 있다.
　연명하듯 사는 것 또한 사는 법이다.

2020년

언젠가의 일기

얼마 전 나는 약을 10알쯤 들이켰다. 여느 날처럼 잠에 못 들던 어느 날이었는데, 온종일 한 끼를 겨우 넘기고 처음으로 삼킨 게 수면제 십여 알이었다. 항상 내 안에 어두운 누군가를 통제하는 쪽이라고 생각했는데 처음으로 그이에게 완전히 져 버린 것이다. 아주 무기력하게도.

그럼에도 다음 아침은 찾아왔고, 나도 모르게 내가 SNS에 남긴 유언과도 같은 '안녕' 두 글자를 보고 몇몇 지인들은 연락을 전해 왔다. 약에 취해 있을 때라 그 대화들이 기억이 잘은 나지 않지만 뒤늦게 지인들과 만나 그날 아침을 되짚어 보니 '죽고 싶었는데 못 죽었다. 어떻게 하면 죽을 수 있을까?'라는 식의 말을 내뱉었다고 한다.

다행히도 어두운 나를 다시 내 속으로 밀어 두고 바로 병원으로 향했다. 수면제를 바꾸고 입원 치료를 진행해도 된다는 진단서를 받아 왔다. 이대로 있다간 내가 그 어두운 나에게 집어 삼켜질 것 같다는 생각에 나를 가둬 두기라도 해야겠다고 생각했던 것 같다. 사실 그때의 생각이나 기억이 잘 나지는 않는다.

집에 돌아와 몰려든 약 기운에 취해 그렇게 오랫동안 전혀 개운하지 않은 잠을 잤다. 소식을 들은 부모님은 병원에서 상담을 마치고 돌아와 잠든 나를 꼭 안아 주었고 그렇게 대충 갈무리하며 일상으로 돌아왔다.

약속을 변명 삼아 잠시 서울로 여행을 다녀왔다. 그 날 아침 연락을 주고받은 친구에게 얼굴을 비추며 괜찮다는 보고를 하고 지인들을 만나 아무렇지 않게 하루하루를 삼켰다. 문제는 돌아오는 길에 있었다. 다시 집으로 향하는 길, 눈물이 자꾸 났다. 아무리 닦아도 닦아도 닦이지 않는 눈물과 해결되지 않을 것만 같은 무기력이 덮쳐 와 그렇게 버스정류장에 앉아 펑펑 울었다. 나는 삶을 왜 이리 무겁게밖에 느낄 수 없는 걸까. 무거웠던 삶의 무게가 유독 더 무겁게 느껴졌다. 어른들은 분명 어른이 되면 사는 게 편해진다는 말을 해 줬는데 아직까지는 자랄수록 삶이 무겁게만 느껴졌다. 언젠가 나도 삶을 견딜 수 있는 무게로 느낄 수 있을까.

그렇게 일주일을 흘러가듯 보내고 나서 오래 미뤄 두던 일들을 하기로 결심했다. 잠시 미뤄 둔 글을 다시 쓰기 시작했고 타투를 하기로 마음먹었다. 넣어 두었던 취미들도 다시 꺼내고 새로운 걸 배우기 시작했고 오랜 지인들을 꾸준히 만나기 시작했다. 삶의 궤도에서 굴러떨어지는 건 쉬운 일이었지만 다시 궤도를 찾는 데는 많은 애를 써야 했다. 그럼에도 불구하고 고양이나 책 한 권이나 엄마나 볕 한 줄기, 그날 아침 내게 안부를 물은 이들 때문에 나는 살기로 마음먹었고 기꺼이 애를 써 보기로 했다. 아직 그 결과는 모르겠다. 그저 지금은 아프지 않고 할머니가 될 수 있으면 좋겠다.

어떤
　기록

　언제부턴가 생긴 습관이 있다. 크게 좋은 습관은 아니지만, 나의 신상과 관련된 사소한 것들을 메모장에 기록하는 것이다. 혹시나 내가 결국 충동적인 선택으로 삶을 포기했을 때를 대비해 나만 알고 있는 나와 관련된 것들을 기록으로 남겨 둔 것인데, 복용하는 약과 병, 가족들의 비상 연락망, 해지해야 할 정기결제, 계좌번호, 영정으로 썼으면 하는 사진 같은 것들이다. 애초에 부채감이 싫어서도 그렇지만 비슷한 이유로 신용카드를 만들지도 할부 상품을 이용하지도 않는다. 그런 기록들을 모아 보다 보면 별별 생각이 머리를 스친다. 만약 아주 만약 내가 세상을 떠나고 나를 잘 알지 못하는 혹자가 이 기록들을 발견한다면 나에 대해 어떻게 생각하게 될까? 일단 첫째로 이 사람은 우울증약을 먹고 있었구나, 가족 구성원은 이렇구나, 고양이 보호 협회에 정기 후원을 하니 고양이를 좋아하는 사람이고 드물게 신용카드도 없는 사람이구나. 대충 이 정도이지 않을까.

그와 정반대의 결의 기록들도 있다. 정말 죽고 싶을 때 마지막으로 봐야 할 것들이다. 상당한 계획형 인간인 나는 만약 내가 죽었을 때를 위해서도 또는 죽지 않기 위해서도 상당한 계획들을 짜 놓았다. 사실 죽지 않으려는 방법이란 게 별 특별한 것은 아니고 당장이라도 그 기분을 떨쳐 내려는 방법인데 좋아하는 입욕제를 넣고 목욕을 하거나 직접 내린 커피를 마시는 일 같은 것이다. (사실 복약지도를 받으며 카페인이나 알코올을 삼가라는 얘기를 들었지만, 개인적으로 커피에 한해서는 오히려 도움이 될 때가 있다고 느낀다.) 마지막으로 그 기록에 따를 여력이 남아 있다면 무엇이라도 해 보는 게 맞다. 일단은 수만 번의 충동 앞에 그렇게 살아남고 있다. 그렇게 나는 어떤 기록들과 함께 살아가고 있다.

그러면서도 쓰지 못하는 게 있다. 바로 유서다. 이상하게 유서는 쓸 자신이 들지 않는다. 외려 우울증 환자 중 언제 자신이 충동적 선택을 할지 몰라 매일 유서를 남기는 사람들이 있기도 하던데 나는 유서를 도저히 쓸 자신이 없다. 내 삶의 마지막 문장을 완벽한 문장으로 쓸 자신이 없거니와 유서를 쓰고 나면 언제고 곧 내가 죽어 버릴 것 같기 때문이다.

한창 병증이 심해 일주일에 두 번씩 상담을 받을 때 유서를 쓰는 것과 아주 비슷한 숙제를 받은 적 있다. 내 삶과 죽음에 관련된 모든 사람에게 남길 말들을 써 보는 것들이다. 부모님에 대한 원망과 미안함, 날 괴롭혔던 인연들에 대한 분노, 나 자신에 대한 자조와 연민 같은 것들을 두 페이지쯤 써 내려갔는데 끝에 가서 문득 이 모든 게 다 의미 없는 일이 아닐까 하는 생각이 들었다. 어차피 죽으면 끝인데 이게 다 뭐라고.

한때는 만약 유서를 남기게 된다면 내게 상처를 줬거나 나를 아껴 준 모든 이들, 장례식에 올 것 같은 사람들 모두에게 편지를 한 통씩 쓰고 싶다고 생각한 적이 있다. 내게 상처를 준 이들에겐 남길 통곡들이 너무 많았고 나를 아껴 준 이들에겐 남길 감사와 사죄 말들이 너무 많았다. 이런 청승맞은 생각을 그만둔 건 그 기록들로 그들에게 지울 무게가 너무 무거울 것 같았기 때문이다. 그게 '뭐'였지만 되돌아보면 '그게 뭐라고'였기도 한 것들이 너무 많았다. 내 삶에 상처를 준 건 그 기록들이었지만 이미 그것들이 읽힐 때쯤엔 그건 내겐 중요한 게 아닐 것 같았다.

　물론 만약 유서 대신 무언가를 남긴다면 하고 생각했을 때 염두에 둔 건 있다. 가족을 향한 미안함을 담은 간단한 몇 줄과 이상의 시 〈최후〉이다.

능금한알이추락하였다. 지구는부서질만큼상했다. 최후. 이미여하한정신도발아하지아니한다.

- 이상 〈최후〉

능금 한 알 같은 내 삶이 땅에 떨어질 때 이 지구가 부서질 만큼은 아니더라도 조금 푹 파이기라도 하면 좋겠다. 사람은 죽으면 이름을 남긴다고들 하는데 이름보다도 사람을 기억해 주면 좋겠다. 그들도 나에 대한 기록을 남겨 준다면 그 역시 매우 감사하겠다. 그리고 출생증명서를 꼭 꼭 보관하듯 그들만의 내 사망 증명서를 먼지 쌓인 책장 안 어드메에 가지고 있어 준다면 좋겠다. 너무 구차하고 잔인한 미련일까 싶다가도 그러면 좋겠다 생각하며 오늘도 이런 기록을 남겼다. 기록은 완벽하지 못한 기억을 돕기 위해 존재하기 시작했다고 한다. 이 기록으로 나를 알게 될 당신들이 나를 기억해 준다면 그만큼 완벽한 일이 어디 있을까.

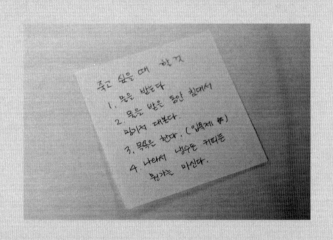

셋, 사람은 더 어렵다

사람은
　더 어렵다

잠은 안 오고 배는 고프고, 사람은 더 고프다.
어떤 기억은 아쉽거나 섭섭하기만 해서
구태여 집어넣어도 다시 튀어 올라
내 침대를 다 차지하고 누워 버린다.
남은 공간을 비집고 몸을 구기면
딱딱한 어깨는 익숙한 듯 고개를 삼킨다.
당신들에게 나쁜 사람이기 싫다는 게 이렇게 어렵다.

오늘도 잠은 안 오고 무얼 먹을지는 어렵고, 사람은
더 어렵다.

담아
두다

마음에 담아 둔다는 말만큼 무서운 말이 없다.

애정이든 미움이든 흘러버릴 듯 던진 그것이

어딘가에 고여 있다는 게,

가벼운 내 뜻을 다르게 누군가 가슴속 저 한편에 새

긴단 사실이 부끄러울 뿐이다.

시를 쓰는 것은 그래서 어렵다.

나의 자조가 당신의 위로로

내 일상이 당신의 위안이 되는 어색함이 아직은 낯선

듯하다.

나의 어떤 마음에 당신에게 담겼다는 것만큼 쑥스러

운 일이 없다.

어른

어린 시절의 나를 되짚어 보면 난 항상 어른이 되고 싶어 했던 것 같다. 유치원 버스를 타는 언니를 보고 어서 학교에 들어가고 싶다고 생각했고, 학창 시절엔 어서 스물이 되고 싶어 안달이 났었다. 정작 스물이 되고 나서는 어디에 있어도 크게 어려 보이지 않는 지금 나이 정도가 되고 싶었던 것 같은데 아직도 여전히 어른이 되고 싶다는 희망은 여전하다. 저런 삶을 살고 싶다 생각하는 사람들의 나이나 그들을 의미하는 단어들에 질투를 느끼는 건 아직 밝히기 부끄러운 나이이기 때문일까.

'또래 가운데 어른스러운 아이' 또래들보다 작지 않은 키 때문인지 무엇 때문인지 이런 평가를 들을 때가 있었다. 친구들이나 선생님에게 그런 얘기를 들을 때면 어떤 우월감에 사로잡혀 붕 뜨곤 했더랬다. 그러면서도 그 '어른스러워야 한다'라는 강박에도 사로잡혀 있었는데, 언젠가 같은 얘기를 들은 날 학생들에게 음료수를 사 주겠다는 선생님의 말에 다른 아이들이 고르는 오렌지 음료를 두고 굳이 녹차를 골라 마셨던, 지금 생각하면 우스운 기억이 있다. 다시 되새겨 봐도 그때 그 녹차는 쓰고 맛이 없었다.

언젠가 누군가 '그래도 자신이 어리다고 생각하는 것 자체로도 어른스러운 거야'라는 말을 해 준 적 있다. 지나가듯 흘린 격려가 마음에 남는 말이 된 건 여전히 어른이 되고 싶은 사람이면서 어른은 아닌 상태이기 때문에도, 그저 그게 나쁜 게 아니라는 말이 듣고 싶었기도 하기 때문이다. 그래. 맛없던 녹차보다 더 쓴 커피를 마시는 삶에 익숙해졌다는 걸 생각하면 어쩌면 어른스러워진다는 건 아쉬운 일일지도 모른다. 그럼에도 불구하고 가진 게 양손을 두 번 접고 손가락 몇 개밖에 펴지 못할 나이밖에 없는 나는 아직도 어른이 되고 싶다.

연애 사업은
어렵다

    주변인들에게 상당한 영화와 뮤지컬 팬으로 소문이 나 있고 그 취향도 상당히 넓은 편이라고 자부하는 편이지만 가장 좋아하는 영화나 뮤지컬을 꼽으라면 언제나 세 손가락 안에 〈헤드윅〉을 꼽는다. 트랜스젠더 또는 LGBTQA의 범주에 있는 사람은 아니지만, 이 헤드윅이라는 인물의 삶이 주는 위로가 내겐 꽤 가치 있다. 〈Wicked Little Town〉은 모든 뮤지컬을 아울러 가장 좋아하는 넘버이고 (평소 록키호러쇼의 〈Sweet Transvestite〉과 시카고의 〈All that jazz〉, 〈Cell block tango〉같이 강렬한 곡을 좋아하는 편이지만 최애곡으로는 항상 이 넘버를 꼽는다.) 기분이 다운될 땐 영화 버전의 〈Wig in a box〉의 싱어롱 장면을 꼭 찾아본다.

그래도 이 영화에서 가장 좋아하는 부분이 있다면 바로 전반부에 나오는 〈The origin of love〉 애니메이션 장면이다.

사랑의 기원에 대해 노래하는 이 애니메이션에서는 등과 등이 붙어 있던 태초의 인간이 신의 분노로 분리된 후 서로 운명의 상대를 찾아 헤맨다는 이야기가 담겨 있다. 운명의 상대들은 서로의 영혼에 서린 고통과 슬픔을 이해하고 있고 다시 하나가 되기 위해 서로를 찾는다. 운명의 상대를 찾으라는 메시지를 담은 이 장면을 좋아하는 건 이 애니메이션 특유의 멜랑콜리한 무드 때문이기도 하지만 운명의 상대를 찾으라는 그 메시지가 그저 내겐 너무 판타지 같기 때문이다. 나같이 현실적인 사람도 판타지가 당길 때가 있다.

나는 사랑이 어렵다. 물론 그보다 연애 사업은 더 어렵다. 모든 게 맞는 운명의 상대는 제쳐 두더라도 맞는 타이밍에 그가 나를 좋아하고 내가 그를 좋아하는, 타이밍이 맞는 연애 한번 하기가 그렇게 힘들다. 어쩔 수 없이 생기는 사람 간 마음의 깊이나 온도의 차이도 중요하다. 비단 연애에 국한된 일만은 아니겠지만 나와 마음의 깊이나 온도가 다른 상대를 사랑하거나 그에게 사랑받는 건 큰 노력이 필요한 일이다. 하지만 무엇보다 내게 연애가 어려운 건 타인에게 사랑받는다는 사실에 크게 공감하지 못하기 때문이다.

"나도 나를 안 좋아하는데 날 왜 좋아해 주는지 모르겠어."

자기혐오의 문제는 연애 사업에도 방해를 끼친다. 그렇게 나의 문제가 우리의 문제가 되었을 때 느껴지는 미안함에 자꾸 구겨지려는 나를 펴내기가 어렵다. 이럴 때만 이성적이 되는 성격 탓에 그 말 그저 그대로 받아들이면 된다는 조언들도 소용이 없어진다. 어쩌면 아무도 날 내 모습 그대로 사랑해 주지 않을지 모른다는 두려움이 자꾸 벽을 쳐 아무도 들어오지 못하게 하는 게 문제다. 이런 내 고통을 상대가 공감하지 못한다면 그 벽은 더 견고해진다. 어쩌면 나를 좋아하는 사람에게 나를 좋아하지 않는 내가 이해를 바라는 게 당연히 불

가능할지도 모른다. 나도 언젠가 당신만큼 나를 사랑할
수 있을까?

　모든 사람과 모든 관계가 그러겠지만, 한 움큼의 모
래를 손가락 사이로 흘려보낸 후의 그 까끌까끌함이 가
장 많이 느껴지는 건 연애를 끝낸 후인 것 같다. 마음의
온도가 안 맞거나, 타이밍이 안 맞거나, 내가 나를 사랑
할 줄 몰라서 또는 다른 이유들로 흘려버린 나의 연애
들이 썩 까끌까끌하게 느껴지는 밤이다.
　연애를 꼭 해야 한다고 주장하는 편은 아니고 앞서
말했듯 운명의 상대가 있다고 믿지는 않지만, 때론 운
명을 믿고 싶을 때가 있다. 〈The origin of love〉의 가사
처럼 나도 내 고통을 이해할 수 있는 그대를 언젠간 찾
을 수 있지 않을까.

　'네가 영혼 속에 가지고 있는 아픔은 나의 것과 똑같
다는 걸.'

실낙원

사람이 고파 아무나 욱여넣다 보면 체할 때가 있다. 우유 한 모금 없이 빵을 욱여넣듯 사람을 만난 적이 있는데 얇고 사소한 관계들에도 정을 깊이 주다 탈이 나 버렸다. 물론 탈이 난 원인은 그 사람일 수도 나일 수도 있다.

처음 성인이라는 이름표를 달고 나왔을 때 했던 가장 큰 실수는 사람에게 너무 큰 기대를 품었단 것이다. 아무리 훌륭한 사람도 언젠가 틀린다. 가장 잃어버리기 쉬운 낙원은 사람이라는 말이 어디 하나 틀린 게 없다.

사람이란 낙원을 잃었을 때 대부분의 사람에게 처음 닥치는 감정은 분노인 것 같다. 잃어버린 자신의 낙원에게 화를 내고 물어뜯고 그 사람과의 기억을 밟아 본다. 펑펑 울기도 하면서 화를 풀어내다 보면 어느새 그 감정의 방향은 나 자신에게로 향한다. 나의 경우, 내가 사람을 잘못 본 건 아닐지, 사람을 너무 믿은 건 아닐지, 무기력과 자책이 몰려 왔다. 그 사람에 대한 기대들과 나에 대한 기대들이 날 좀 먹었다.

관계에 상처받지 않는 사람은 없다. 사람을 만나는 일이 상처 위에 상처를 덧대는 기분이라고 느껴지던 때가 있었다. 비눗방울을 잡듯, 사람들을 가득 모아 껴안은 것 같은데도 품에 남은 건 없을 때가 있었다. 나는 여전한데 상대방이 변해 사라질 거라는 사실 때문에 오히려 상처를 입는다.

관계에서 받은 상처가 자책으로 바뀔 때 낙원은 지옥이 된다. 그렇게 우리는 수십 수백 개의 잃어버린 낙원과 상처를 품고 살아간다.

이 실낙원에 대한 상처는 이겨 내기가 너무도 힘든 일이다. 관계에 상처 입긴 쉽지만 그렇다고 해서 너무 우리를 자책하지는 말았으면 한다. 그 관계가 끝난 건 그와 내가 맞지 않았기 때문일 뿐이다.

인간관계는 종이 퍼즐을 만드는 것과 비슷한 것 같다. 이렇게 생긴 나와 저렇게 생긴 당신을 끼워 맞춰 보아도 도저히 맞지 않을 때가 있다. 이따금 자신에게 나라는 조각을 맞춰 보려 나를 도려내려는 사람들이 있는데 그런 이를 만났다면 그 관계에서 얼른 도망쳐야 한다. 억지로 그에게 나를 맞추기 위해 나를 바꿀 필요는 없다. 나를 잘라내 그이에게 맞추다 보면 영영 진짜 내가 아닌 그 이들이 바라는 그 모습으로 살아가 버릴지 모른다. 다만 나 역시 나와 맞지 않은 조각을 마주쳤다면 그를 포기할 줄도 알아야 한다. 그리고 썩 아쉽고 너무 어렵지만, 사람에 대해 너무 큰 기대는 가지지 말자. 결국, 우리는 모두 같은 사람이다. 우리 모두 서로와의 관계에는 처음이기 때문에 서툴 수 있다. 다만 그가 좋은 이인지 그렇지 못한 이인지는 보는 눈을 좀 더 배우도록 하자. 그리고 무뎌지다가도 느껴지는 낙원을 잃은 후의 허무함을 좀 더 훌훌 털어 버릴 수 있는 단단함을 가지자. 가능하다면 사람을 잃은 후에도 언제든 기댈 수 있는 진짜 내 사람들을 찾아보자. 사실 나도 말뿐

이다. 아직도 사람이 무서울 때가 있지만 그래도 좀 더
단단해지기 위해 애쓰는 중이라 생각한다. 어쩔 수 없
는 게 사람이라지만 사람들 가운데 너무 심히 아프지만
말자.

자기 기분은
자기가 가지기

감정 쓰레기통이라는 말을 참 싫어한다. 자신의 감정을 다른 사람에게 쏟아 내듯 버리는 사람들의 행동에 빗대어 이런 표현을 쓰곤 하는데 이 표현 자체를 기피할 정도로 이런 행동을 싫어한다. 내가 싫어한다고 마주치지 않을 수 있으면 굉장히 좋겠지만 그러지 못하는 게 인간의 삶인 이상, 아쉽지만 혹여 당신을 감정 쓰레기통 취급하는 사람을 만났다면 도망이 답이다.

사회에 나와 일을 하다 보면 생각보다 쉽게 다른 사람에게 감정을 버리는 이들을 만나 볼 수 있는데 J 부장님이 그랬다. 조금은 독특한 중년 남성 캐릭터인 J 부장님은 꽤 소심하면서도 어딘가 지배적인 성격의 소유자였다.

처음 입사한 후에는 은연중에 J 부장님을 피하는 동료들을 잘 이해하지 못했지만 J 부장님이 주변 사람들과 함께 일하는 모습을 보며 그런 분위기가 이해되기 시작했다. 몇십 년을 PD라는 직업으로 살아온 J 부장님은, 개인적인 생각으로 PD라는 직업의 소유자들이 그렇듯, 자신의 것이 다른 이들의 것보다 중요한 사람이었다. 그리고 다른 이들에게 감정을 쉽게 버리곤 하는 사람이었다.

이런 면모는 유독 주변 동료들과 협업을 해야 할 때 드러나곤 했는데 통화 너머로 J 부장님에게 짐이 될 만한 이야기가 들리는 날이면 유독 그는 동료들에게 박하게 변했다. 함께하는 일이 마음에 들고 말고를 떠나 거의 감정을 타인에게 버리는 정도인 그의 행동은 모두가 손사래를 칠 정도였다. 며칠간은 무엇이 마음에 안 들었는지 후배들 앞에서 연차가 높은 작가님에게 면박을 주기도 했었는데 그 모든 걸 보고 들어야 하는 내가 다 민망할 지경이었다.

J 부장님을 예로 들었지만 사실 사회에 나와 그보다

더 많은 사람의 감정 쓰레기통이 되는 경우가 있었다. 아니 사실 사회뿐만 아니라 친구 관계, 가족 관계에도 다른 이들을 감정 쓰레기통 삼는 이들은 쉽게 찾아볼 수 있다. '사람들은 누구나 자기가 받은 상처를 버리고 싶은 경향이 있으니 그런가 보다', '저 사람이 오늘 아주 힘든 하루를 보내 버려 본인도 의도하지 않은 사이 저렇게 되었나 보다' 생각하려 해도 사실 그 감정을 받아내야 하는 이는 억울할 뿐이다. 모두가 가진 기분은 자기만 가지면 참 좋을 일인데, 참 어렵다. 때문에 누군가 내게 자신의 감정을 버리려 하는 듯하다면 얼른 그 사람에게서 도망가도록 하자. 그게 힘들다면 최소한 멀어지려 해 보자. 모두가 소중하지만 사실 내가, 당신이 가장 소중하다.

그리고 내 쓰레기는 내가 집에 가지고 돌아가야 하듯이 자기 기분은 자기가 가지고 돌아가도록 하자.

옷장에
숨지 않기 위해

어릴 적 나의 도피처는 옷장이었다. 학교에서 좋지 않은 일이 있었다거나 엄마에게 크게 혼이 난 날이면 난 꼭 옷장에 숨었다. 가족들이 나의 우울에 대해 늦게 알았던 이유도 여기에 있었다. 어린 여자아이가 겨우 들어가는 그 공간에서 난 몇 날 며칠을 혼자 울고 울었다.

성인이 되고서도 이런 도피는 마찬가지였다. 무섭거나 불안이 심해질 때면 옷장으로 들어가고 싶어졌다. 귀소본능이나 습관 같은 것인지 상담 치료를 시작하고 나서도 몇 번은 옷장에 숨은 적이 있다.

치료를 시작하며 처음 마음먹은 것 중 하나는 더는 옷장에 숨지 말자는 것이었다. 애초에 옷장에 숨는 건 가족이나 다른 사람들에게 우는 모습을 들키지 않기 위해 만든 습관이었기 때문이다. 집에서든 어디서든 더는 숨어들기 싫었다.

옷장에 숨지 않기 위해 내가 가장 먼저 한 일은 옷장을 막는 것이었다. 아예 숨을 곳을 만들지 말자는 건데 이건 생각보다 효과가 있었다. 가끔 불안의 파도가 몰아칠 때면 어디론가 숨어 버리고 싶지만 숨을 곳이 없으면 누군가와 밖에 나와 이 고통을 나눌 수 있다. 혼자 울지 않을 수 있다.

아픈 사람에게도 아프지 않은 사람에게도 누구나 자신만의 옷장이 있을 것으로 생각한다. 그 옷장이 당신을 위로하지 못하고 그저 눈물만 흘리며 자신을 가둬두는 곳일 뿐이라면 얼른 그곳을 막아두자.

우울증을 꺼내 둔 후 놀란 것 중 하나는 사람들이 생각보다 타인의 슬픔을 잘 들어 준다는 것이다. 옷장 속 공간을 짐으로 채우며 가장 걱정했던 건 이 안을 채우고 있던 아픔들을 밖에 드러냈을 때, 그 아픔들이 다른 이들에게 짐이 되진 않을까 하는 것이었다. 하지만 아품에 관한 이야기를 들어 줄 사람들은 생각보다 우리 주변에 충분히 있다. 난 가끔 죽고 싶을 만큼 힘들 때 SNS를 통해 SOS를 치곤 한다. 말 그대로, 덧붙여진 말 하나 없이 올라간 SOS 그 세 글자에 자신의 근황을 얘기해 주거나 스스럼없이 만나자는 약속을 잡는 감사한 사람들이 있다. 옷장에 다시 숨지만 않는다면 주변 사람들의 도닥임이나 얼굴 모를 이의 두루뭉술한 위로라도 들을 수 있다. 여러분도 여러분 각자의 옷장이 있으리라 생각한다. 일단 옷장을 닫아 두고 생각해 보자. 당장 생각나는 얼굴에게 연락을 해 보자. 그런 이가 없다면 얼굴 모를 누군가의 위로를 받아 보자. 어쭙잖은 위로를 정말 싫어하지만, 이 말은 꼭 전하고 싶다. 우리는 혼자가 아니다.

사람이
고프다

2019년 여름부터 다음 여름까지, 딱 1년간 지역방송국 음악프로그램 막내 작가로 일했다. 1년이란 참 짧고도 긴 시간이라 그동안 참 많은 일을 겪고 다양한 사람을 만났다.

음악프로그램의 특성상 녹화 날이면 정말 많은 사람을 만난다. 외주 스태프들을 비롯해 출연진, 그리고 객석을 채우는 수백의 관객들. 당연한 말이지만 콘서트가 끝난 다음 날은 조금 힘들다. 몸이 힘든 것도 있겠지만 이상하게 마음이 참 텁텁했다. 특히나 마지막 녹화가 가장 그래서 그날은 거의 밤을 지새우다시피 보냈다.

마치 큰 소음 뒤에 거대한 침묵이 다가오듯 화려함이 지난 후 일상에 찾아온 퇴사 후의 공백이 힘들었다. 사실 그보다 사람이 고팠다. 며칠을 집에서 보내며 갑작스레 두려워졌다. 다시 사람이 무서워지면 어떡하지, 하고.

두 번째 상담을 시작할 무렵 대인기피가 심해져 몇 달 동안 바깥을 거의 나서지 못했다. 왠지 세상 모든 사람이 나를 싫어할 것만 같은 착각에 빠져 다른 사람과 눈을 마주치지도 대화를 나누지도, 심할 땐 타인과 닿는 것조차 무서웠다. 매일 등교하며 다니던 길이 사람들로 붐비는 걸 보며 숨이 막혀 오는 걸 느껴 화장실로 도망친 적도 있다. 지금의 내가 되새겨 봐도 그 시절의 난 참 딱했다.

다 가면을 쓰고 살아가는데 나만 그걸 모르고 살았다고 생각했다. 나름대로는 모든 사람을 진심으로 대하며 살았다 생각했는데 누군가는 그게 아니었단 걸 깨달아 버린 것이다.

대학 시절의 난 관계를 넓히는 일에 푹 빠져 있었다. 그 시절의 나를 아는 누군가에게 나에 관해 묻는다면 대부분 발이 참 넓다거나, 누구든지 친하다거나 그런 식으로 표현할 만큼 사람에게 기대고 싶었고 그들도 내게 기대기를 바랐다. 하지만 관계가 틀리는 것은 생각보다 쉬운 일이었고, 내가 영웅으로 생각하던 사람이 사실은 악당이라든가 내게 적이었던 이에겐 내가 적이라든가 하는 사실을 받아들이기가 힘들었다.

　사실 난 어린 시절부터 항상 외로웠다. 맞벌이하시는 부모님 아래서 크며 혼자가 익숙했던 탓에 모든 걸 혼자 해내면서도 그런 내 모습이 너무 싫었다. 부모님 참관수업 때 나만 짝이 없어 선생님과 활동을 하던 일, 혼자 처음으로 시내버스를 타던 날, 유난히 친구 관계가 힘들던 날 홀로 울다 지쳐 잠든 것, 우산을 가지고 마중을 나온 친구들의 부모님이 부럽던 일 같은 것들이 여전히 섭섭하게 마음에 남아 있는 것 같다. 이런 걸 보면 아직 하나도 자라지 않은 게 분명하다. 되돌아보면 초등학생 시절 당한 왕따의 기억도 날 외롭게 만들었는데 별거 아닌 일로도 사람이 사람을 그렇게 미워할 수 있는지를 그때 처음 알았다. 이게 꽤나 진한 상처로 남아있어, 아직도 그 시절 싸이월드에 나에 대한 비방을 써

놓은 친구에게 전화해 그 글을 내려 달라 말했던 기억을 떠올리면 울컥 눈물이 쏟아져 나올 정도다. 그 아이들은 내 무엇이 그리 미워 그랬던 걸까.

다행히 자라며 마음을 터놓을 친구들이 생기긴 했지만, 사람이란 존재가 완벽하지 않은 만큼 항상 실망감은 찾아왔던 것 같다. 하지만 관계에 기대하지 않기로 마음먹는 데까지는 시간이 꽤 걸렸고, 그사이 쌓인 상처들이 대인기피를 불러왔다. 이후에도 사람은 사람으로 치유될 수 있을지 모른다고 믿으며 근근이 그 두려움을 눌러 왔으나 2017년을 기점으로 대인기피는 더 심해졌다.

2017년 우리 사회에도 찾아온 미투 운동의 바람은 모든 여성에게 그렇듯 내 삶에도 크게 다가왔고 내 주변에도 그랬다. 소수 정원의 학과들로만 구성되어 있던 우리 단과대학에서 몇 개월 사이 몇 건의 미투가 동시 다발적으로 터져 나왔을 때였다. 순식간에 얼마 전까지도 내가 술잔을 기울이곤 했던 사람들이 피해자와 가해

자라는 이름으로 불리고 있었다. 그리고 그 주변의 많은 이들은 오직 자신이 비난받지 않을 방법과 모양으로, 자신이 피해 받지 않는 방향으로만 움직였고, 그 사이 피해자는 보호받지 못했다. 사람들 입에 이야기들은 오르고 내리며 자꾸만 형태를 바뀌어 갔고 이쪽 아니면 저쪽이라는 이분법을 나뉘어 서로에게 잣대를 들이댔다. 피해자에 대한 보호와 가해자에 대한 적절한 처벌이라는 본래의 목적은 잊힌 채, 단지 자신을 보호하기 위해 서로를 흠집 내는 모습만 몇 번을 반복해 갔다. 그렇게 참 많은 사람을 잃었다. 대부분 그 자리에 있었지만 그건 사람을 잃은 거나 마찬가지였다.

이렇게 조금 기구한 나의 인간 관계사 덕에 나는 대단히 사람이 무서워졌다. 근데 참 이상할 것이 사람이 그렇게 무서우면서도 조금 후면 사람이 참 고파진다는 것이다. 누군가의 SNS를 훔쳐보는 것도, 내 일상을 올리는 것도 그런 의미에서이다. 도무지 참을 수 없을 만큼 외로워서 잊히고 싶다가도 너무 외롭기 때문에 아무도 나를 잊지 않으면 좋겠다. 모두가 내가 여기 이렇게 있단 걸 기억하면 좋겠다. 글을 쓰기 시작한 것도 쓰지 않으면 고통스러웠기 때문이기도 하지만 누군가가 나를 기억해 주길 바랐기 때문이기도 하다. 사람이 고픈 게 썩 나쁜 건 아니라는 생각이 드는 건 이 문제의 해결법이 상당히 단순하기 때문이다. 배가 고프면 무언가를 먹으면 되고 사람이 고프면 사람을 찾으면 된다. 사람에 체했다면, 그래서 소화제를 찾아 먹고 열 손가락을 따 봐도 해결되지 않는다면, 잠시 사람을 끊고 쉬어 가면 되고 이후에 다시 사람이 고파지면 누군가를 찾으면 된다. 누군가에 체해 버린 기억으로 그 사람을 먹지 못할 수 있지만 그게 당신이 다른 사람으로 채워지지 못한다는 말은 아니니까.

　나는 오늘도 사람이 고파서 누군가에게 대화를 걸고 누군가에게 안부를 물었다. 그리고 그들이 내게 안부를 물어 주길 기다렸다. 나도 당신도 우리에게 맞는 부분을 찾아 채우고 편안히 안녕하면 좋겠다. 이 글을 읽고 있을 당신께도 묻고 싶다. 저는 요새 꽤 편안해졌어요. 그리고 사람이 필요해요. 당신은 잘 지내시나요?

가장
어려운 사람

책을 쓰기 시작하며 사람들을 많이 만나고 다녔다. 어떤 영감을 얻고자 하는 의도도 있었으나 사실 외로웠던 게 가장 큰 이유였다. 사람들을 만나며 부쩍 궁금해진 게 있었다. 나는 그들에게 어떤 사람인지다.

지금껏 사람이 그렇게 어렵다고 얘기해 왔지만 사실 내게 가장 어려운 사람은 나다. 이랬다가 저랬다가 하는 이 복잡한 인간을 이해하기란 상당히 어렵다. '나는 도대체 어떤 사람이야?'라고 묻는 게 꽤 낯간지러운 일이었는데 생각보다 답은 그 낯간지러움을 견딜 만큼 가치 있었다.

대부분 예상한 범위에서 답변이 나오긴 했지만 가장 흥미로웠던 건 누군가는 나를 아주 이성적이고 냉정한 사람으로, 누군가는 나를 아주 감성적인 사람으로 얘기하는 것이었다. 누군가에겐 내가 한없이 밝기만 한 사람이었고, 또 다른 이에겐 내가 아주 깊은 우울에 빠진 사람이었다. 누군가에겐 내가 언제든 만나도 좋을 이였고, 누구에게 난 불편하고 어려운 사람이었다. 항상 무언가가 싫다가도 좋고 밉다가도 좋은 그 양가감정으로 힘들어했는데 나 자신부터 상당히 양면적인 사람이었던 것이었다.

처음 상담을 시작하고 인지치료를 시작하며 겪었던 가장 큰 어려움은 거울 속의 나를 마주하는 게 힘들었던 것이다. 단순히 거울 속의 나 자신에게 긍정적인 말이나 칭찬을 내뱉는 것인데, 그 속의 내가 나는 너무 보기 싫었다. 나는 내가 너무 싫었다. 언니보다 못한 내가, 부모님이 바라는 일만은 죽어도 하기 싫어하는 내가, 주변 사람들에게 외면받곤 하는 내가, 하고 싶은 일이 없는 내가, 그냥 그런 내가 너무 싫었다. 이유조차 찾기 싫었던 나에 대한 혐오에 지배된 내 삶이 너무 버거웠다. 그래서 항상 죽고 싶었다. 하지만, 그럼에도 불구하고 나는 아직 살아 있다. 도통 어려운 나라는 이 사람은 어쩌면 살아 있고 싶은가 보다. 얼마 전, 외출은 위해 집을 나서다. 현관 앞에서 거울 속에 비친 나를 한참이고 뚫어지게 쳐다본 적이 있었다. 내가 좋아하는 일자 청바지에 체크무늬의 목도리, 긴 파마머리를 한 모습이었는데 꽤 마음에 들었다. 겉모습 때문이었다기보다 '내가 항상 원하던, 내가 원하는 모습으로 날 꾸밀 수 있는 사람이 되었구나' 하는 생각이 들어 기분이 좋았다. 그리고 내가 거울 속의 나를 제대로 마주할 수 있게 되었다는 생각이 들자 뭔가 뭉클하기도 했다. 어쩌면 항상 문제적이라고만 생각했던 '나'는 풀어 갈 수 있는 문제였던 건 아니었을까 생각이 들었다. 여전히 나는 내게 너무 어려운 문제지만 풀어 낼 수만 있다면 그걸로도 좋았다.

사실 쉬운 사람은 아무도 없다. 누구나 오늘 싫어했던 걸 내일 좋아할 수 있고 좋아하던 이에게 실망할 수도 있는 일이다. 내게 내가 가장 어려운 이유는 내가 나를 가장 잘 알기 때문일 것이다. 다른 이들에게도 이건

마찬가지이지 않을까. 오늘도 같이 각자의 문제를 풀어

나가 보자. 그러면서 살아남아 보자.

넷, 그럼에도 불구하고

그럼에도
　불구하고

　이 여덟 글자는 꽤 길고 거추장스러워 보이면서도 그
말소리 그대로 곱씹을수록 좋은 맛을 낸다. 그 생김새
부터 썩 마음에 드는 이 여덟 글자에 난 조금 이상한 집
착을 가지고 있다. 벼랑 끝에 서 버리는 여러 밤에 이
여덟 글자를 삼키면 그래도 날 달랠 수 있다.

　「삶은 언제나 '그럼에도 불구하고' 계속되는 거야. 네
가 살아 있는 이유는 사랑하기 때문인 거야. 너의 삶을
한 가지만 깨달으면 돼. 네가 너를 사랑한다는 거 한 가
지만 깨달으면 돼.」

약을 들이켠 그날, 같은 과 선배인 G 선배에게 받은 편지의 내용이다. 이 말이 더 인상 깊게 다가온 이유는 같은 병을 앓고 있는 십년지기 친구 Y에게 들은 얘기 때문이다. 학창 시절 우울을 얘기하는 Y에게 내가 이런 말을 해 준 적 있다는 것이다.

'내가 아니면 누가 나를 사랑하겠어.'

지금이라면 쉽게 꺼내질 못할 얘기를 혼자 몰래 옷장에 숨던 당시의 내가, 공책 가득 죽고 싶다는 얘기를 써 내려가던 당시의 내가 했다는 것이다. 당시의 나는 어떤 생각을 하며 그런 말을 꺼냈던 걸까? 사실 이 글들을 써 내려가면서도 나는 수백 번이고 죽고 싶었다. 그럼에도 불구하고 나는 살아 있다. 어쩌면 내가 꺼냈다던 저 말이 그럼에도 불구하고 내가 살아 있는 그 이유이지 않을까.

사실 우리는 날 때부터 외로웠다. 원래 사람은 날 때

부터 혼자다. 그렇게 외롭던 우리가 사람이 이렇게나 가득한 세상에 온다고 하루 이틀 새에 외롭지 않을 수 있으리란 건 비약이다.

많은 이들이 사는 게 그렇게 아프다고 하는 걸 보면, 어쩌면 우리가 모난 게 아니라 원래 인생이라는 길이 험한 게 아닐까 싶다. 삶은 너무 거친 길이라 사람을 쉽게 지치게 하고 포기하고 싶게 하고 그런다. 누가 내 편인지도 모르는 이 여행은 너무 버겁다.

그럼에도 불구하고 우린 서로 도닥이며 살아가야 한다. 사람이 참 싫다가도 사람에게 위로를 얻고 다시 기회를 찾는다는 게 희한한 일이다. 갤러리 속 미화된 기억을 들추고 '그땐 그랬었지, 이게 참 맛있었지, 그날의 날씨는 이랬지' 하는 게 필요할 때가 있다. 사람이 참 어려워서 싫다가도, 누구든 만나 술을 한 잔 나눠 마시고 시답잖게도 휘발되어 날아가는 것들에 대해 대화하며 툴툴 감정을 털어 버리는 게 큰 위로가 될 때가 있다.

내게도 이렇게 글을 쓰거나 사람들을 만나는 게 큰 위로가 됐다. 솔직히 말하면 이 글을 써 내려가는 동안,

그리고 사람들을 만나는 동안에도 난 괜찮아지지 못했다. 그래도 그런 생각이 들었다. 그래, 그럼에도 불구하고 난 어쩌면 나를 사랑하는 게 아닐까.

우울과
싸우기 위해서 필요한 것들

정세랑 작가의 〈보건교사 안은영〉은 젤리 괴물과 싸우는 보건교사 안은영의 이야기를 담은 소설이다. 밖에서 소설 마니아라고 자신을 소개하곤 하고 정세랑 작가의 글을 좋아하지만 〈보건교사 안은영〉을 처음 접한 건 넷플릭스 오리지널을 통해서다. 드라마치고 불친절한 서사와 진행방식에도 이 요상한 이야기를 담은 작품에 끌린 건 그 쫀득쫀득 이상한 젤리들과 싸우는 안은영이 우울과 싸우는 나와 비슷해 보였기 때문이다.

나에게만 보이는 나의 우울은 젤리들이 안은영에게 그렇듯 나의 눈에만 보인 채 덕지덕지 내 주변에 붙어 있다. 나의 우울이 아닌 그와 싸우느라 아등대는 내 모습만 보이는 다른 이들에겐 내가 충분히 낯설어 보일 수도 있다. 또 때론 이 우울 중 도움이 되는 소소한 순간들이 역설적이게도 좋은 문장을 쓰게도 도와주기도 한다. 이렇게 우울과 싸우는 건 매우 외로운 것도, 나밖에 할 수 없는 일인 것도, 때론 약이라는 알록달록한 것들의 도움을 얻어야 한다는 것도 젤리와 싸우는 안은영의 삶과 꽤 비슷하다. 그래서 안은영이 그렇듯 나도 나만의 싸움을 포기하지 않고 이어 가고 있다.

안은영에게 장난감 총과 검이 필요하듯 우울과 잘 싸워 내기 위해서는 몇 가지의 준비물이 필요하다. 각자마다 세부 리스트는 다를지 몰라도 그래도 살아야겠다는 단단한 단 하나의 자아는 꼭 필요하다. 내 안의 작고 작은 여러 개의 '나'들은 매번 사사건건 충돌한다. 다행인 건 그들 중 나를 아끼는 자아를 단단하게 만들 수 있던 것이다. 이 단단한 '나'는 우울한 '나'도 화가 많이 나 있는 '나'도 죽고 싶은 '나'도 이길 수 있다. 그리고 나를 아끼고 싶은 작은 '나'도 끌어안아 같이 단단하게 한다. 그러면 난 나를 위해 무언가를 할 수 있다. 가족에 대한 부채 의식 때문이든 뭐든 사실 지금껏 살아 보려고 노력하는 건 이 단단한 자아가 생각보다 의지가 강하기 때문이다.

안은영이 끊임없이 젤리들과 싸우듯 나도 꽤 긴 싸움을 이어 오고 있다. 우울과 싸우기 위해 내가 취한 첫 번째 행동은 조금이라도 좋아하는 대로 움직이는 것이다. 우울증 환자에게 침대가 맨틀로 추락할 듯 무너지는 무기력함은 예고 없이 찾아오는 알레르기 비염 같은 존재여서 떼어 내기가 불가능하다. 그래서 난 조금이라도, 아주 정말 조금이라도 하고 싶은 일이 생기면 곧바로 하기 시작했다. 요즘은 그래서 새로운 많은 걸 배우고 있다. 원래부터 배움을 좋아하는 타입이라 그런지 '내가 지금 하고 싶은 것이 무얼까'라고 생각하니 대부분이 무언가를 익히는 것이었다. 그렇게 컴퓨터 디자인을 배우고, 비누를 만드는 법을 배우고, 지금은 영상 편집을 배우고 있다.

최근엔 운동도 시작했다. 어떤 사람들은 우울은 움직이지 않는 사람들이 겪는 병이라고들 말하는데 사실 그

건 무기력을 크게 경험해 보지 못한 사람들의 이야기가 아닐까 싶다. 그래도 운동은 우울과 싸우는 데 꽤 도움이 된다. 개인적으로는 몸을 움직인다는 사실보다 나를 위해서 내가 무언가를 하고 있다는 게, 우울과 잘 싸우고 있다는 걸 상기해 주기 딱 좋은 행동이다.

그리고 아이돌 덕질을 시작했다. 누군가에게 적당한 애정을 주는 일은 생각보다 큰 에너지가 될 수 있다.

이렇게 뭐든 생각에 앞서 나를 위해 움직이는 태도는 우울과 싸우는 데 상당히 큰 도움이 된다. 대신 반드시 당신을 위해야겠다는 마음을 갖는 게 정말 중요하다.

하지만 무엇보다 우울과 싸우는 데 필요한 건 당신을 지지해 줄 무언가인 것 같다. 누군가에게 그건 고양이일 수도 있고, 언젠가의 하늘일 수도 있고, 가족일 수도 있고, 노래 한 곡, 책 한 권, 바람 하나일 수도 있다. 혹시 벼랑 끝에 몰린 느낌이라면 일단 이런 받침대를 찾아보자. 그럼 상당한 위로가 된다. 나와 같이 각자의 우울과 싸우고 있는 사람이 있다면, 괜찮다면 우리가 서로의 받침대가 될 수 있단 말을 선물해 주고 싶다. 판타지 같은 말처럼 들리지만, 삶에는 판타지가 필요한 순간이 반드시 온다.

오늘도 나는 내 단단한 자아와 함께 우울과 싸우고 있다. 일단 이 책을 쓰는 동안은 내 삶에 눌어붙은 거 같은 이 진득한 친구와의 싸움에서 우위를 점령할 수 있던 것 같다. 이 책이 내겐 하나의 받침대였다. 원래 외로운 게 싸움이지만 나도 당신들도 외롭지 않게 싸우면 좋겠다. 그냥 부디 아프지 않으면 좋겠다.

Take care
  of yourself

덜렁대는 성격 탓에 뭐든 잘 잃어버리곤 했다.

생각한 곳에 예상한 무언가가 없을 때의 느낌은

손이 바빠지고 숨이 가빠 오기까지 한다.

버릇처럼 무언가 뒤지고

안심하기를 반복하는 한편,

가장 챙기기 힘든 것이 있다면 나라는 물건이라

어쩌다 걸리는 감기도 내 탓이 되어 버린다.

그저 내일의 나만큼

오늘 행복했으면 좋겠다는 바람이

너무 어려운 숙제이지 않길 바라며

우리 아프지 않은 얼굴로 인사합시다.

- Take care of yourself

닫는 편지

마음에 들어 남는 문장으로
우리 서로에게 기억되기로 합시다.

나의 슬픔과 당신의 슬픔이 만나
위로가 된다는 역설에 안주하며,
슬픔이 쏟아진 공간을
서로의 문장을 따라 쓰는 양하며
채워 넣어 버립시다.

그저 어둠이 오고 날이 밝는 중에
당신이란 별이 나의 지구에 그러하듯
나라는 별이 당신의 지구에
언제나 보이기만 한다면 좋겠습니다.